AF325009

Vente du Vendredi 1ᵉʳ Juin 1883.

HOTEL DROUOT, SALLE Nº 5,

TABLEAUX

MODERNES

BELLES AQUARELLES

EXPOSITIONS

PARTICULIÈRE : Le Mercredi 30 Mai 1883

PUBLIQUE : Le Jeudi 31 Mai 1883

De une heure à six heures.

COMMISSAIRE-PRISEUR

Mᵉ ERNEST GIRARD
5, rue Saint-Georges.

EXPERT

M. E. FÉRAL, PEINTRE
54, rue du Faubourg-Montmartre.

CATALOGUE

DE

TABLEAUX MODERNES

PAR

BAKALOWITZ, CHAIGNEAU, COROT, COURBET, DE CURZON,
DEJONGHE, DELORT, DIAZ, J. DUPRE, GUDIN, HADENGUE, MARCHETTI,
MURATON, ROYBET, VEYRASSAT, WEISZ, ETC.

BELLES AQUARELLES

PAR

R. ALT, ROSA BONHEUR, DELACROIX, GAVARNI, L. LELOIR,
Mme MADELEINE LEMAIRE, PETTENKOFFEN, PH. ROUSSEAU, SIMONETTI,
SIMONI, VILLÉGAS, WORMZ, ZIEM, ETC.

DONT LA VENTE AURA LIEU

HOTEL DROUOT, SALLE N° 5
Le Vendredi 1er Juin 1883,

A 2 HEURES 1/2.

Par le ministère de **Me Ernest GIRARD**, Commissaire-Priseur,
5, rue Saint-Georges :

Assisté de **M. E. FÉRAL**, Peintre-Expert, 54, Faubourg-Montmartre;

Chez lesquels se trouve le présent Catalogue.

EXPOSITIONS   PARTICULIÈRE : le Mercredi 30 Mai 1883
PUBLIQUE : le Jeudi 31 Mai 1883.

De une heure à six heures

CONDITIONS DE LA VENTE

Elle sera faite au comptant.

Les acquéreurs payeront, en sus des adjudications, *cinq pour cent* applicables aux frais.

Paris. — Typ. Pillet et Dumoulin, 5, rue des Grands-Augustins.

DÉSIGNATION

TABLEAUX MODERNES

AROSA (Mlle MARGUERITE)

1 — Plage à marée basse.

> Bois. Haut., 15 cent.; larg., 23 cent.

AROSA (Mlle MARGUERITE)

2 — Au bord d'un étang.

> Toile. Haut., 23 cent.; larg., 32 cent.

BAKALOWITZ

3 — La Confidence.

> Une jeune fille lit un billet à deux de ses amies.
>
> Un jeune page, caché par une tapisserie, les écoute.
>
> Bois. Haut., 39 cent.; larg., 51 cent.

BURNIER

4 — Pivoines et fleurs de pavots, dans un vase
en porcelaine du Japon.

Toile. Haut., 1 m. 15 cent.: larg., 75 cent.

BURNIER

(PENDANT DU PRÉCÉDENT)

5 — Pivoines et fleurs printanières, dans un vase
de Chine.

Toile. Haut., 1 m. 15 cent; larg., 75 cent.

CHAIGNEAU (F.)

6 — Troupeau paissant dans la plaine.

Soleil couchant.

Toile. Haut., 51 cent., larg., 68 cent.

CHAIGNEAU (F.)

7 — La Fin d'un jour d'automne.

Une paysanne se chausse auprès d'un feu en
gardant son troupeau.

Toile. Haut., 52 cent.; larg , 71 cent.

CHAVET (VICTOR)

8 — La Toilette.

Toile. Haut., 40 cent.; larg., 28 cent

COROT

9 — Le Matin.

Une mare entourée de rochers et ombragée par de grands arbres; vers le fond, la silhouette de quelques chaumières noyées dans la vapeur du matin.

Ciel d'un bleu argenté avec légers nuages éclairés par le soleil levant.

Œuvre de la dernière manière du maître.

Toile. Haut., 74 cent.; larg., 1 m. 05 cent.

COURBET (GUSTAVE)

10 — Pommiers chargés de fruits.

Vue prise en Normandie.

Sur le devant des blocs de pierre et un cours d'eau passant devant une chaumière.

Au dos du tableau, un autographe de l'artiste en attestant l'authenticité.

Toile. Haut., 45 cent.; larg., 55 cent.

COURBET (GUSTAVE)

11 — Maisons à l'entrée d'un bois.

> Effet de neige.
>
> Bois. Haut., 31 cent.; larg., 44 cent.

COURBET (GUSTATE)

12 — Le Torrent.

> Toile. Haut., 72 cent.; larg., 57 cent.

CURZON (AL. DE)

13 — Les Ruines de Pompei, la nuit.

> Les ombres des anciens habitants viennent visi-
> ter leurs demeures.
>
> Toile. Haut., 70 cent.: larg., 1 m. 02 cent.

DEJONGHE (GUSTAVE)

13 *bis* — La Mère de famille.

> Une jeune femme, étendue sur un fauteuil,
> regarde avec tendresse ses deux fillettes qui
> jouent auprès d'elle.
>
> Bois. Haut.. 62 cent.; larg., 80 cent.

DELORT (C.)

14 — Le Jardin du couvent.

Bois. Haut., 23 cent.; larg., 15 cent.

DE PENNE

15 — Chien et Perroquet.

Bois. Haut., 52 cent.: larg., 23 cent.

DIAZ (NARCISSE)

16 — La Mare.

Deux femmes se disposent à emporter le linge
qu'elles viennent de laver. A droite, l'entrée d'un
bois. Ciel nuageux. Un rayon de soleil, perçant les
nuages, éclaire le second plan.

Toile. Haut., 45 cent.; larg., 58 cent.

DUPRÉ (JULES)

17 — Cour de ferme.

Toile. Haut., 21 cent.; larg., 33 cent.

GUDIN (TH.)

18 — Plage à marée basse.

Effet de soleil couchant.

Toile. Haut., 65 cent.: larg., 95 cent.

HADENGUE (MICHEL.)

19 — Sur la plage.

Tableau omis à la vente au profit du dessina-
teur Randon et vendu pour son compte.

Bois. Haut., 14 cent.: larg., 23 cent.

JAZET (P.)

20 — Jardinier et Soubrette.

Bois. Haut., 22 cent.; larg., 15 cent.

LAPOSTOLET

21 Bateau de blanchisseuses sur la Seine.

Bois. Haut. 32 cent.: larg., 23 cent.

MAIGNAN (GABRIELLE)

22 — Des chrysanthèmes.

Toile. Haut., 44 cent.; larg., 53 cent.

MAIGNAN (GABRIELLE)

(PENDANT DU PRÉCÉDENT)

23 — Le Déjeuner.

Toile. Haut., 44 cent.; larg., 53 cent.

MARCHETTI

24 — Reitres buvant.

Bois. Haut., 26 cent.; larg., 21 cent.

MURATON (Mme EUPHÉMIE)

25 — Une boîte d'abricots et des amandes vertes.

Toile. Haut., 36 cent.; larg., 52 cent.

ROUSSEAU (PH.)

26 — Chatte et ses petits.

> Elle est sur un tapis de Turquie regardant
> un papillon qui voltige, deux de ses petits jouent
> auprès d'elle, un troisième boit du lait dans une
> assiette.
> Œuvre importante de l'artiste.

Toile. Haut., 75 cent.; larg., 65 cent.

ROYBET

27 — Un gentilhomme.

Toile. Haut., 00 cent.: larg., 00 cent

VEYRASSAT (J.)

28 — L'Abreuvoir.

Bois. Haut., 27 cent.; larg., 34 cent.

VEYRASSAT (J.)

29 — Chevaux et laveuses au bord d'une rivière.

Bois. Haut., 24 cent.; larg., 34 cent.

WEISZ (A.)

30 — La Toilette de la Mariée alsacienne.

> Elle est debout dans sa chambre ornée de guirlandes de fleurs; elle se regarde dans une glace; une de ses compagnes complète ses ajustements.

Toile. Haut., 80 cent.: larg., 64 cent.

AQUARELLES ET DESSINS

ALT (ROBERT)

31 — Le Château de X....., en Hongrie.

Aquarelle.

Haut., 25 cent.; larg., 39 cent.

BONHEUR (ROSA)

32 — Vache et Bouvier.

Dessin à la mine de plomb.

Haut., 16 cent.; larg. 20 cent.

BROWN (JOHN-LEVIS)

33 — Chevaux et Soldats au repos.

Effet de clair de lune.
Aquarelle gouachée.

Haut., 33 cent.; larg., 48 cent.

CALLOW (WILLIAM)

34 — Sur les côtes de Jersey.

Aquarelle.

Haut., 26 cent.; larg., 39 cent.

CHARLET

35 — Aveugles au cabaret.

Aquarelle.

Haut., 27 cent.; larg., 24 cent.

CHARLET

36 — Le nouveau Postillon.

Aquarelle.

Haut., 20 cent.: larg., 24 cent.

DELACROIX

37 — Sujet tiré d'un roman.

> Beau dessin, à l'encre de Chine, provenant de la
> vente après le décès de l'artiste.
>
> Haut., 27 cent.: larg., 21 c-nt.

DEVERIA (EUGÈNE)

38 — Le Four.

> Aquarelle.
>
> Haut.. 15 cent.: larg.. 18 cent.

GAVARNI

39 — Non! Faisandet! Non!... les femmes?....
des bêtises !

> Aquarelle.
>
> Haut., 29 cent.: larg., 21 cent.

GIRODET

40 — Soldat français attaquant un soldat égyp-
tie n

> Très beau dessin coloré au pastel.
> Étude pour le grand tableau du musée de Ver-
> sailles.
>
> Haut., 59 cent.; larg., 45 cent.

HERBERT (ALFRED)

41 — Une Forte brise.

Aquarelle.

Haut., 37 cent.; larg., 61 cent.

JONGKIND (JOHAN-BARTHOLD)

42 — Vue de Paris.

Aquarelle.

Haut., 12 cent.; larg., 11 cent.

LELOIR (LOUIS)

43 — Le Printemps.

Aquarelle.

Haut., 28 cent.; larg., 52 cent.

LEMAIRE (Mme MADELEINE)

44 — Jeune Femme artiste.

Aquarelle.

Haut., 55 cent.; larg., 37 cent.

LEMAIRE (Mme MADELEINE)

45 — Des Roses, des Pêches et du Raisin noir.

Aquarelle.

Haut., 60 cent.; larg., 44 cent.

LEMAIRE (Mme MADELEINE)

46 — Roses de différentes couleurs, dans un vase
de faïence bleue turquoise.

Aquarelle.

Haut., 54 cent.; larg., 37 cent.

LEMAIRE (Mme MADELEINE)

47 — La Bouquetière.

Dessin à la plume.

Haut., 35 cent.; larg., 25 cent.

MADOU

48 — Intérieur hollandais au XVIe siècle.

Dessin au crayon noir rehaussé de blanc.

Haut., 31 cent.; larg., 26 cent.

PALLIÈRE

49 — La Maîtrise de Saint-Étienne.

Aquarelle.

Haut., 35 cent.; larg., 49 cent.

PETTENKOFFEN

50 — Artilleur fuyant.

Aquarelle.

Haut., 21 cent.; larg., 32 cent.

ROUSSEAU (PH.)

51 — Chien griffon d'arrêt rapportant un lièvre.

Aquarelle du tableau qui a figuré au Salon de 1880.

Haut., 34 cent., larg., 24 cent.

SIMONETTI (ATTILO)

52 — Paysan romain au repos.

Aquarelle.

Haut., 47 cent., larg., 33 cent.

SIMONI (GUSTAVE)

53 — La Mariée napolitaine.

>   Aquarelle.

>>   Haut., 37 cent.; larg., 52 cent.

SIMONI (GUSTAVE)

54 — Le Duo.

>   Aquarelle.

>>   Haut., 30 cent.: larg., 25 cent.

VILLEGAS

55 — Le Pape.

>   Aquarelle.

>>   Haut., 70 cent.; larg., 49 cent.

VILLEGAS

56 — Mahométan en prière.

>   Aquarelle.

>>   Haut., 70 cent.; larg., 49 cent.

WORMZ

57 — Avant le concert.

Aquarelle.

Haut., 25 cent.; larg., 31 cent.

ZIEM

58 — Paysage en Provence.

Au centre, un troupeau de moutons sous la garde d'un berger.
Aquarelle.

Haut., 20 cent.; larg., 32 cent.

ÉCOLE ANGLAISE

59 — Intérieur d'église, à Rome.

Aquarelle.

Haut., 39 cent.: larg., 30 cent.

RED. :

22

379 89 70
graphicom

www.ingramcontent.com/pod-product-compliance
Lightning Source LLC
LaVergne TN
LVHW010518060726
842527LV00005B/2054